분월포芬月浦

황금알 시인선 111

# 분월포芬月浦

초판발행일 | 2015년 8월 31일
2쇄 발행일 | 2016년 12월 7일

지은이 | 서상만
펴낸곳 | 도서출판 황금알
펴낸이 | 金永馥
선정위원 | 김영승 · 마종기 · 유안진 · 이수익
주간 | 김영탁
편집실장 | 조경숙
표지디자인 | 칼라박스
주소 | 03088 서울시 종로구 이화장2길 29-3, 104호(동숭동, 청기와빌라2차)
물류센타(직송 · 반품) | 100-272 서울시 중구 필동2가 124-6 1F
전화 | 02)2275-9171
팩스 | 02)2275-9172
이메일 | tibet21@hanmail.net
홈페이지 | http://goldegg21.com
출판등록 | 2003년 03월 26일(제300-2003-230호)

ISBN 979-11-86547-06-9-03810

# 분월포 芬月浦

## 서상만 시집

황금알

## 분월시서芬月詩序

나의 출생出生 호미곶,
분월포芬月浦 앞바다는
내 삶의 막막함이었다

그 막막함을 이기려
여태 시詩로 살았다

그런 시 앞에서
왜, 난 또 막막해지나

2015년 여름
서상만

# 차 례

## 5부 관심송觀心頌

## 6부 구름놀이

1부

오독誤讀의 바다

# 자서自敍 1


어제부터
목쉰 듯 컬럭대며 몸살 앓는 저
파도 위에, 무슨 진정제라도 한번
뿌려봄 직한 밤바다

바다는 바다, 사람은 사람대로
오갈 데 없이 밀리고 밀리다
갈매기들 바람 안고 돌무덤에
모로 앉아 울고, 바다는
물두렁에 이는 파도로 울었다
마른  왕대울타리 속
누더기로 이은 슬레이트 지붕 아래
나도
사시장천 물 보고 살아가는
분월포 사람들도, 발버둥 치는
샛바람 소리로 자주자주 울었다

# 자서自敍 2

다시 분월포여
비바람에 귀 닫고 물이랑 몰아가던
내 아제들과 아배
가난이 죄였던 싸움터에서
우렁우렁 숨 가쁜 먹파도였어라

서녘 물에 이르면
스산한 황혼 별자리쯤
맷돌질에 멍든 어매의 그림자가
창호지에 얼비쳐
호롱불빛 파랗게 팔랑대고 있었으니
삶이여
이것도 역사라고 받아 적진 마라

# 자서自敍 3

내 죽어서 분월포에 가야 하리
천천히 걸어서 대동배로 가던지
호미곶 등대불빛 따라가다
보리 능선 질러가는
구만리 밖, 내 사라질 빈자리
거기 찰박찰박
바닷물도 달빛을 끌어당겨
비백으로 출렁이는 곳
다 떠나고 아무도 그곳에 살지 않아도
나 거기 호롱불 켜고 덧없이 앉아
저녁 오면 치자빛 노을을 품고
밤하늘 분월을 번갈아 안아보는
내 꼭 돌아가 그곳에
늙은 그림자 비탈에 뉘일 터

# 반월半月

잠 못 드는 밤

아청鴉靑빛 바다에
덩달아 철썩대는 반월

달이 운다 싶어
오늘 밤은 데리고 잔다

달도 뎁히면, 혹여
환장換腸날까 몰라

너울 소리 너머
못 본 척 먼 눈 파는
물길 구만리九萬里

# 여념餘念의 바다

귀촉도歸蜀道 피울음에
썰물 지는 저녁

달은 왜 저리
비단이불도 마다할까

지치면 돌아올 저녁 물
차마 가서 아니 올까

내 손엔 진즉 비운
박주잔薄酒盞뿐이어서

# 바다 철학

바다는 고금을 다 아네

여긴들
딴 세상이 아닌 이상
우리네 바보 연극
다 탄로났네

막 수초 속 주름잡는
수려한 물고기들 보면

꼭 누구의 섬이 되진 못해도
수잠결에 지은 내 물새 집

바람 잘 날 없었네

## 소라고둥

바다를 떠났지만 물결소리로
늘 캄캄하게 깨어있는
내 안방 머리맡에
노골로 삭은
하얀 석회 빛 소라고둥

밤마다, 아득한
별자리에 길을 묻고 있다

오, 내 그리운 소금 배는
어느 섬에 닿았을까
까마득하게
부웅– 소라고둥이 우는 소리
듣고 있을까

# 오독誤讀의 바다

평생 바라보아도
내게는 늘 오독의 바다

쉼표 하나 못 찍고
나처럼
가맣게 늙었는지 몰라
어머니도
아내도 데리고 간
바다 너머 성근 잡목림까지
파도소리 들릴까

울렁울렁
속 비린

덫에 걸려
늙어버린 내 바다

# 부챗살

물 때 지난
마른 바위틈에 꼿꼿이 앉아
선비 노릇 하는 부챗살을 본다

태양이 갓을 밟고
생사의 무게를 달고 있어도
너는, 어느 해국 충신처럼
콧대를 세우고
제본된 서책의 다문 입술로 기다릴 것이다

머잖아 푸른 물 때, 나는 안다
숨겨 놓은 네 마른 눈물 적셔 주리니

세상은 꿈꾸듯 모두가 미망이다
삶이라는 것 언제나
죽은 듯 살고 산 듯 죽은 것 아니던가

# 신들린 날

무당 석만네는 살았나 죽었나

쪽바위에 앉으면
멀리 왕대 울타리 너머
하얀 희접(戲蝶) 하나
파도에 얹히던 날

서방 잡아먹고 혼이 나가
칼날을 밟고 울던 그녀

밤 내내
울음은 불을 살라
소고 소리도 잡아먹고
식은 메를 쌓았으니

혹 내 마음에 부정 탈까
눈앞 달빛바다
껴안아보지 못하고

풍병 든 들풀처럼
자꾸만 바람 앞에 서성였네

# 저녁 바다

서산에 해지면
나도 노을 먹은 저녁 바다
노을을 덮어버릴
검은 침묵을 몰라 떨고 있다
내 마음에 들이칠 전율
캄캄한 물때일까
나는 불안하다
누군가 떨다 간 자리
아린 은하물 위로
별싸라기 정신없이
낡은 향낭 흔들며 울까 싶어

# 꼭 돌아갈 것이므로

아, 아직도 돌아가지 못하고
세상살이 구기고 무거웠던
내 짐 보따리 줄여서
어느 저물녘
영원도 잘 보이는 날*
천천히 걸어갈 것인지
연기처럼 사라져 갈 것인지

* 미당 시 「우리 데이트는」에서

# 눈물의 무게


까치놀 번지는 저녁 바다
부처바위 얼굴에 허옇게 수염 달린
간꽃 보러 오라고
밤마다 잠 위에 쏟아 붓는
파도소릴 짐짓 못 들은 척
베갯머리에 묻어온
나의 떠돌이 바다

말없이 떠나왔으니 말없이 돌아가도
청둥오리 자맥질하듯
어느 날 날개도 없이 격랑에 떠올라야 했다

어머니 등에 업힌 내 유년의 푸른 만곡
치감아 소리치는 분월포 파도야
언제나 너그러워
빈손으로 오라지만
늘 승자는 가볍고 패자는 무거워
어릴 적 엉겅퀴꽃 가시
따끔따끔 내 정수리를 찌르네

을사년 오월 초이레,
선창에 매어둔 쪽배 하나 빌려 타고
내 어머니 하늘나라 가신 날
논골 속등엔 산 까치 떼 지어 울고
포구의 물새조차 맴을 도는데
정작 나는 목 놓아 울
눈물의 무게도 헤아리지 못했네

# 2부

관음觀音의 길

# 조각달이 불러내어

모처럼 들른 낯선 고향집
파도소리 숙져 겨우 잠 청하는데
창밖 추녀에 낯익은 조각달
파랗게 이지러진 눈으로
빠끔히 날 내려다보네
"아니 너 몇 년 만이냐"
"여태 안 죽고 살아있었나베"
예전같이 바닷바람이나 쐬자며
호들갑을 떠는데
난 코가 찡하다

고작 빈손으로 왔으니

# 세상에 없는 집

아기가 고무젖꼭지를 입에 물고 잠드는 거기에도 섬 같은 고요가 있다

언제 돌아갈지 몰라도 분월포는 세상 떠난 내 어머니 살고 있는 무한고도, 노을이 지면 해변 자갈밭에 제일 먼저 적막이 쌓였다

납닥바리* 달 물고 울던 밤, 내 목마른 꿈을 파도소리 로 달래주던 왕대 울타리, 그 집도 신작로 속으로 사라 지고

세상에 없는 집을 찾아 오늘도 나는 분월포로 간다

* 범 새끼, 개호주의 경상도 방언

27

## 파도치는 이유

바다는 왜 자꾸 뭍으로 속살을 게워내는지, 언제부터 캄캄한 심해에서 고래울음으로 파도치고 있는지, 야성의 몸 가닥가닥 토막 내 꼬리 자르며 왜 쉼 없이 헛구역질만 하는지, 더 역한 목청으로 오늘도 닫힌 사유의 껍질 못 부수고 비릿한 아우성만 뽑아내는지

# 구만 친구

어쩌다 불거져 나온 구만九萬*
슬픈 응어리 같은 반도의 꼬리
언젠가 꼭 돌아가야 할 곳이므로

그날 그
부끄럼도 다 버린
속살 드러내 놓고 히히대던 바다
물껍질에 일렁이는
짙푸른 수초 그림자 속을 들락거리며
날쌘 고기떼, 물 공기를 깨고 날던
우리들 동정의 나날은 조금씩
조금씩 비늘을 벗었다

늘 만나는
낯익은 바다의 치맛자락에 휘감긴
치렁치렁 수천 오리 미역의
눈부신 아픔 같은 것도
세월에 버무린 몇 방울 웃음도
아직 방파제 끝 빗돌에 새겨 있겠지

친구여
한없는 무죄로 돌아가자
가난의 동전 한 닢일랑 모래알로
덮어버리고

닻 올려 노 삐걱대며
금빛 해맞이로 달려가자

진정, 우리 깊이깊이 숨겨둔 목소리는
잃어버린 품, 그 어딘가
아프게 울고 있으리


* 호미곶 끝자락에 위치한 작은 마을

30

# 보살 1


뼈있는 바위도 별수 없을 거네
'철썩! 철썩!'
각다귀에 귓불을 연달아 맞아
자꾸자꾸 실금이 가도
누구 하나 봐주지 않고
먹구처럼 버티고 선 저 등신
삶의 끝 간 데를 보려고
늘 매 맞고 깨지며
산더미 파도 헤엄치는 부처 바위

# 보살 2

해안은 짐짓 와불臥佛이다
수평선 너머 살아서 달려올
파도보살을 기다리는가
먼 불국의 연꽃바람 몰고 올
파도, 혹 잔바람이 외면하면
술술 관음경觀音經을 읊으며
찰랑찰랑 에돌아오너라
속은 듯 따라 온다 눈먼 바다
죽을 줄 모른다 죽은 파도는

# 관음觀音의 길

봄바람 따라 구룡포 돌아가면
푸른 보리이랑 마중 나오고
바다 밑 고리매도 손사래치네

떠났다가 돌아오고
다시 떠나기도 했던 그 옛날
비포장 길
고달픈 이삿짐 속에서
내 어머니 서러운 눈물은 어떠했을까

아무도 없는 고향 바다 언덕
나 오늘 거친 바람에
하염없이 나부끼네

# 끝출이와 석방우

1940년대 동해안 구만리 한 3백여 호 마을은 삼시세
끼 초근목피나 톳나물, 진저리, 고리매나물로 보리밥을
비벼 춘궁을 버텼다 고깃배를 타도 가난한 끝출이는 아
내가 밟아주는 디딜방아 품삯으로 끼니를 때우며 형편
이 비슷한 동갑내기 석방우와는 마을서도 소문난 단짝
이다 마을에는 태풍이 불 때마다 과부가 늘고 제사도 늘
었다 그 두 단짝은 초상 제사 혼사 회갑 등 가가호호 내
력과 대소사를 훤하게 꿰차고 있어 그날을 잊지 않고 온
마을을 돌았다 어제도 신동 도근 아재 댁에는 끝출이가
안 골목 상방우 집에는 석방우가 가기로 말을 맞췄다 낮
은 돌담 위로 힐끗힐끗 집안 인기척을 살피다가 누구라
도 나타나면 끝출이는 석방우를, 석방우는 끝출이를 둘
러댄다

"여기 끝출이 안 왔닝교"
"아니 끝출이가 여기 올 턱이 있나, 이 사람 석방우 이
리 좀 들게"
"간밤에 형님 기제였네, 막걸리 한잔 하고 가게"

다 알면서도 금시초문인 양 석방우는 머리를 적적 긁
으며

"아, 참 난 또 끝출이가 여기 온 줄 알고 왔더니만"

넉살좋게 한상 받아 게 눈 감추듯 훌쩍 먹어치우고는
떡이랑 마른 음식은 홀어머니를 위해 손수건에 돌돌 감
아 나왔다 두 건달의 행각은 해마다 날마다 계속되었다
그러나 마을 사람들은 항시 처음 일인 양 내색 없이 눈
감아 주었다

* 이 작품은 서상은 수필가의 석방우 이야기를 패러디한 것임.

# 답답한 날

천생 바다의 피를 타고 난
나, 답답한 날엔
바다에 따지고 싶어
동해로 갔다

거품 물고 달려드는
파도 닦달에
뱉고 싶은 말 도로
꿀꺽 삼켰다

바다는 다 받아준다지만
입조차 떼지 못했다

# 갈매기 굿판


수평선 너머 하얀 고깃배
꽃잎처럼 떠서 흘러간다

물거품처럼 스러진 뱃사람,
깊은 물길에 갇혔다가
씻김굿줄을 타고 오른다

여보 여보
나는 조금만 더 살다 갈래요 그래야
당신 간 물길 알 것만 같소
당신은 기왕지사 먼저 갔으니
부디 좋은 데 가이소 예
좋은 데 가이소 예

굿 줄을 당기는 무녀
넋걷이가 한창이다

꺼이꺼이 추임새에 섞여 우는 갈매기

# 대동배*

진종일 애 터지게 울어쌓는
참매미 소리에 마을이 동동
노을 쪽으로 떠내려간다

갈바람에
술 취한 저녁 바다,

부표는 물이랑에 놀아나고
산 그림자 기어내린
돌바우를 끌안고 꾸벅꾸벅
졸고 있는 대동배 바다

* 호미곶 구만2리에 있는 바닷가 마을

# 그, 봄 바다

이 추위 지나면
도다리 살 오른다

참아라
생미역 국에
늦자식 하나 보면

그도 새봄이다

# 돌비석 하나


바람 부는 날
호미곶 능선 작은 돌비석 하나

저녁놀 물린 저것
혹 누구 것인지

말라버린 보릿대로 서서
코 흘리며 듣던 파도소리까지
다 듣고 있는,

# 3부

그리운 호미곶

# 갓길

나 다시
북새구름처럼 울긋불긋 피고 싶어
바람받이 언덕에서 바닷길 바라보니
파국 같은 파도소리

저 파도 왜 한사코
갓길로 달려오나
금세 돌아갈 길인 줄 다 알면서

# 과메기

피득하게 말린 과메기 쭉– 찢어
소주 한잔 걸친다

까만 생미역에
분월포 파도소리 돌돌 감아

저것 보래
목구멍 넘어갈 때마다
비릿한 기름기에
콧노래가 줄줄 새나온다

# 빈 배

폐선 한 척
잔파도가 깨워도
뭍으로는 더 밀리지 않겠다고
늙은 노을을 붙잡고 주저앉았네

가끔 저녁 바다가 적막해
물수제비를 날려보지만
조는 듯 죽은 듯
저 배는 미동도 없네

조타실 난간 위에 사뿐 내려앉은
저 갈매기 한 마리
이 배의 주인인 듯, 배의 정수리에
비린 주둥이를 닦고 있네

폐선에겐
갯바람에 허리 굽은 적막이 제격
흘리고 간
물새 울음 쪼가리가 제격

갈매기 입술보다 더 붉은 노을이
날마다 찾아주지 않았다면
저 폐선,
오래전에 숨을 놓았을 것이네

# 능노는 물이랑

어느 날 신神이
물속에 가라앉은 영혼 달래 듯
굿판을 열며 머뭇거리는 바다
욕정을 억누르고 엎드린 바다
물고기 한 마리 솟구치지 않는
바다 위에
비린 살내 물컹하게 농을 치며
오는 타관바람이여
능노는 물이랑에 보란 듯
다시 올라타는 알몸의 바다여

# 근황 近況

몇 개의 조개껍데기와
갈 데 없는 궁상만 남겨두고
꺼진 해는 어느 연안에서
언 바다를 녹이고 있을까

아직도 진눈깨비 날려
분월포는 분간조차 어려운데
마른 쑥대밭머리 늙은 해송
벌써 나를 배웅하러 나왔네

파도는 길길이 설레어
내 흔적 지우려 숨이 차다
얼마면 나도 물때 따라
허옇게 사라질 것 다 알면서

# 그리운 호미곶

오늘 밤도 내 마음은
맨발로 왕자갈을 밟는다

밤 파도 높이 치던 날
등대 불빛이 번쩍번쩍 창호지를
이리 긋고 저리 그어
잠들지 못할 때
만곡으로 휜 호미곶 능선 따라
은빛 보리 이삭 수만 자락이
추수 꿈에 출렁일 때
앞 구만 먹빛 파도,
바람의 회초리로 메 맞으며
갈기갈기 아픈 울음 울던 바다

달뜨면
까끌까끌한 홑이불 깔고
달빛 젖은 내 살 파도소리에 닦아
어머니 날 재워주시고

간간히 부엉이 소리로 잠꼬대하다
바람 소리에 소스라치면
내 연한 팔다리에 싱싱한 물이 올라
하룻밤에 자가웃이나 키가 컸던가

안개 바다, 먼 무적霧笛 소리
좌초된 폐선의 종아리를 때리며
곧잘 목이 메는 변방의 푸른 바람도
어머니 살 냄새로 불고 있는
그리운 호미곶

# 채곽기採藿期*

여기서 저기 안 보이는 데까지
대물림해온 긴 연안이 한때
아버지 삶의 터전이었을 때가 있었다

해마다 차가운 봄 바다에
까만 미역 잎이
무성한 파도를 이겨낸 개선장군처럼
깃발을 흔들고

달포 내내
쇠스랑으로 베어올린 물미역을
자갈밭에 펴 말리며
바람과 볕에 타들어간
아버지 손등은 하얀 간꽃이 피었다

춘궁 앞엔 선비도 없었다

마른미역을 방 가득 쌓아두고
천하제일부자처럼 잠자던 아버지

코고는 소리에 먹물도 다 말랐다


* 미역을 채취하는 시기

# 미역밭에서

밀물에 들떠서

너울에 운韻을 푸는 것은

사릿날 만월을 보자 함이다

내 사랑도

물때 따라 다시 올까

저 흑발 미인처럼

# 바다 저울

술 취한 파도는
흰 두루마리 추를 들었다 놓네

절름발이 바람은
수평선 눈금을 타넘다 발을 헛디디네

늙은 수부 목도에 매단
그래도 멀쩡한 천길 만길 바다

기울어져 출렁대는
바다 저울의 눈금 누가 세어볼 수 있을까

# 밤바다

갈매기는 참가오리 등을 타고 심연에 꽂히고
저기 제철소 용광로 불빛은
주정뱅이 갈지자로
비틀비틀 물이랑에 줄 넘고 있다

누가 바다에 별싸라기를 뿌렸나
검푸른 사기잔에 금빛 물고기들
늙은 낙타 등을 타고 꾸벅꾸벅 사막을 건넌다

파도에 몸을 부풀리는 내 밤바다 둥근 무덤에
갓 구워낸 무쇠 북소리

바다에 묻힌 젊은 혼령들
물구나무너울 타고 돌아 나오네

# 소실점消失點

꿈속의 꿈처럼
길 잃은 괭이갈매기 한 마리

깊은 정적 속으로
배 한 척 없는 무한의
어둠이 걸어오는 망망대해
그 한가운데로

하얀 소실점으로
희미한 울음 길을 내고 있다

# 보릿고개

파도에 밀려온 퉁퉁 불어 반도 더 썩은 보리쌀을 주워
끼니를 때울 때

새끼들 앞에 아빈들 어민들 어이 억장 무너지지 않았
으리 살기 위해 먹는지 먹기 위해 사는지 허겁지겁 그까
짓 냄새쯤이야 맛이야 나중 일이고 우선 뱃속부터 뭘 채
워야 했으니 밥알은 밥알대로 내장에 뱅뱅 돌고 시도 때
도 없는 물변 혈변으로 목 타던 춘궁, 아직은 보리누름
멀어 풋바심도 어렵고 산나물, 물나물에 고구마 감자 강
냉이가 이보다야 더 나은 땟거린 줄 빤히 알면서 차마
죽지 못해 죽지 못해 먹었어라

생각하면 까마득한 옛이야기가 되어버린

# 차마, 할 수 없는 말

해 길고 따갑던 초가을
한 번도 뽑아들지 못한
빼붕꽃* 보며
울음을 키우던 나도 이젠
울대가 커져 커져
파도처럼 목이 쉬었나 보다
다만 그리움 하나
북채 내려놓듯
자갈밭에 묻어두고
풀잎처럼 시들고 있다

* 붓꽃의 경상도 방언

# 4 부

돌아온 꿈

# 영일만 구만리

솟구치는 햇살을 업고
나를 업고 해조음이 달린다
푸르디푸른 기억들
새근새근 나부끼는 구만리 보리밭으로

지는 해에 물든 치자빛 창호지
삐걱거리는 돌쩌귀에
마음 끈 하나 비끄러매 놓고

옆구리 결리도록 숨 가쁘게
달려온 맨발에는 굳은살이 박였다

듬성듬성 시간의 징검다리 건너며
가슴 한복판에 자리 잡은
파란 크레파스 속의 구만리

# 풍찬노숙 風餐露宿

퇴화한 날개는 추락의 신호
연안은 멀고 샛바람 휘몰아쳐
오도가도 못 하는 늙은 갈매기
어제까지 허공이 마실 길이었던 것이
금세 캄캄한 무덤길이다
처진 날개 고쳐 푸덕거려도
자꾸만 그림자로 눕는 밤
이제는 꿈마저 버려야 한다
곧 젊은 갈매기들 돌아올 시간이다

# 나의 미역 돌 바다

흑발 가인이 해마다 찾아오는
분월포구芬月浦口
물때 따라 까맣게
눈멀고 귀가 먼 돌이란 돌
죄다 흰히 속살 내놓고
실핏줄 같은 여린 알을 쳤다
바닷길은 날마다 물안개에 젖고
아버지는 왕자갈을 밟으며
긴 한숨 뒷짐 져 날았다

뼈마디 마디마다
마른미역 줄기처럼 주름잡힌
아버지의 겨울 바다
온 식구의 치렁치렁한 꿈 오라기
혹 물살에 사라질까 두려웠다

언젠가 나도
차가운 겨울 바다,
부침의 미역 돌 쓸어안고

숨 가쁜 몽유를 잊고 싶었다
갈 길은 달라도
봄볕 선들바람에 그을려
미역 줄기로나 말라볼까 했다

# 고향길

숲실林谷 너머 여서리如西里 지나
호미虎尾 숲 접어들면
어릴 적 가둔 쑥국새 울음이
푸른 분월芬月 파도 위에 뜬다
춘궁 보리밭 질러
백마 타고 달리고 싶던 구만리
시야, 누야 함께 시장기를 때우던
하얀 떼찔레길 스치며 간다

# 북소리

연 사흘 바다는 울면서 칭얼댄다
덩치 큰 불평
꿀꺽꿀꺽 너울로 삼키더니
도도한 울음소리
하얀 굴곡에 남겨두었다

한 줌 뼛가루 바다에 뿌린
이날 이적지 소처럼 꾸물대야
풀칠을 면하던
망자들의 소 울음소리

푸른 바다로 띠배를 띄우고
오색 광목 굿줄을 사르는
신들린 주문도 귀에 닿지 않는
둥 둥 둥  두둥 둥

지친 먹바다 품속에 한없이
그렁대는 저 비릿한 북소리

# 명당자리

어머니 유택 짓던 날
누가 그 옆에 헛장을 서며
훼방 놓던 황당한 일도 있었고,
훗날 느닷없이 군부대가 지뢰를 묻고
철조망을 치고 견사를 짓고
외부인 접근을 막아 버렸다

눈앞을 가린 막자란 대숲도
훤히 걷어내지 못했다

살아생전 절절한 남도창으로
꼿꼿한 선비 영감 성정을
입속 곶감처럼 녹여주시던 어머니

지령地靈도 무심하지
병고 수십 년 당신 마음대로
훨훨 다니시지도 못한
그 갇힌 영혼을 또 붙잡아두려고

어머니 지금 철책 안에
서리 맞고 누워 계신다

# 사선을 넘어서

풍랑에 실려 휘어진
바닷길

뒤돌아보지 말고
마음 고쳐먹지 말게

그 길이 평생
고해苦海라 했으니

# 형님

누가 뭐래도
형님은 고향 땅 등대지기
바닷가 모래를 쓸고
박힌 돌을 쓰다듬고
나무를 심고 숲을 가꾸고
덧없는 인생 끝자락을
그곳에 주저앉았다

구만리장천九萬里長天
안갯속에 선
빈 주머니의 내 형님

밤마다
뚜우 뚜 코를 골며
등대 소리 울리며 잠잔다

# 수평선

낯선 바람 거친 풍랑에
바다의 문짝도 조타실 문짝처럼 낡았다

생의 협곡은 아직도 멀었는데
나침반은 멎고
안개는 자욱하다

여기 어디 수평선이 있다면
남은 생이라도 묶어두련만,

잔술 한잔에도
가슴이 젖는데

이곳의 수심을 알 수 없고
동행한 자의 가슴도 오리무중이니

녹슨 닻 하나
질긴 고리라도 있으면 오늘,
이곳이 적소謫所련만

한발도 물러서지 않는 안개여
여기 이쯤 질긴 줄 하나 있었는데

# 잃어버린 시간

달빛 갈라놓은 분월포 노두길
성근 왕대 울타리 안 병든 아내 위해
당신 몸이야 아낌없이 허물던, 막막한
아버지의 부복俯伏뿐인 집 한 채
해질 무렵 멀리 영일만 노을이
울금빛 물결로 넘실넘실
어머니 살 속에 파고들고
아버지 가슴에 피눈물이 고이던
오월 초이레 낡은 문설주를 흔들며
저승 돌개바람이 어머니를 빼앗아갔다
그 아스라한 적막의 빈집을 아버지는
길을 넓히라고 마을에 내주고
끝내 세상을 떠나셨다
훤히 뚫린 길
덧없이 떠나가신 내 어머니 아버지의
황혼 사랑과 이별
무시로 드나든 겨울 바닷바람도
조용히 잦아들었다
아들은 아버지의 길을 찾아간다
아버지와 꼭 닮은 나의 길

# 호미곶 편지

등대처럼 외로워도
호미곶 바닷가 돌밭에
30년 가까이
꿋꿋이 소나무를 심는 사람
오늘도 그에게서 편지가 왔다

모월 모일
호랑이 꼬리에 소나무를 심는다고
바쁘지 않으면 다녀가라고
솔향이야
먼 천년에 맡기고
지금은 그저 그렇게
작은 곰솔로만 심자고

해마다 똑같은 사연으로 보내오는
호미곶 편지

# 불면

장대높이 파도가 자갈자갈 부서져
자갈밭에 묻히던 곳

수평선 멀리 가물대는 돛배를
바라만 보던 소년의 바다

밤이면 바다도 뭇 배도 다 잠자러 가고

별빛 베고 누운 언덕배기 함석집
호롱불만 누누이 잠 못 이루고

# 돌아온 꿈

작고 외진 포구에서
소년이 띄워 보낸
푸른 발동선,
고희古稀를 넘긴 오늘
까만 기름 연기 내뿜으며
다시 돌아와
통, 통, 통, 가슴을 치네
歸去來兮
歸去來兮

# 5부

관심송觀心頌

# 귀향

저녁노을 남아 있는
저기 저 안 골목

조금은 낯익은 돌담
어머니와 살던 집,

두리번두리번
돌아보는데

나를 닮은 소년이
불쑥 앞을 가로막고
묻는다

누구네 집을 찾느냐고

# 북새구름

여름 새벽 하늘
북새구름 한 자락
참 희한하다
왜 저 구름이
새벽부터 나를 덮는지
잔주름투성이인
나에게도
얼굴 펴줄
화주 한잔 권하나

숙熟

　최소한 10년은 넘긴 나무라야 겨우 입신立身에 들었다
고나 할까 헤진 삶을 깁듯 자욱한 안개 뿌리도 매만지며
더구나 저 나뭇가지들이 비바람에도 휘적휘적 춤추거나
탄식하듯 흐느끼는 것은 스스로 꺾이지 않으려는 고육
지책이겠지만 실은 그 울음이 신운神韻이요 그 그늘이 심
상心像이고 그 유연한 춤이 압권이다 노련老鍊하단 말 애
벌갈이처럼 함부로 나불대면 어디 쓰나

# 침류枕流

물정物情 따위 따지지 않아도 봄 가면 여름 오고 가을 가면 겨울 온다 연분홍 짓다가 누렇게 사위다가 삶에 목격된 얼음이었다가 어느 결 다시 녹고 마는, 흐르는 물에 귀가 잘려도 그 울음을 베고 잠들어야 하는 세월의 음예陰翳가 다 그렇다

# 저승은 춥데

편도길 누구 가보나마나
저승은 되게 춥데

도꾸리 한 벌 남겨뒀다
갈 때 가져가야지

거긴 지질이도 냉골
전기요도 연탄불도 없는
괄목할 어둠 말고는
아무것도 없데

# 허무의 섬

　한 50년 까맣게 못 만난 사람 연락 닿을 거라 해 기다
렸지만 감감무소식 그럼 그렇지 피차 세월 다 건넌 터수
에 내가 괜한 수소문을 했나 후회하던 차 실은 그녀가
통문을 원치 않았다는 후문이어서 충격이었지만 그간
비워둔 자투리땅 어디 내 못다 적은 백간白簡 한 통 고이
묻어두려 한다 이유 없는 무덤 있을까만 수인囚人의 마음
으로 기다렸던 내 아픔과 외면하려는 그녀 아픔 둘 다
깊을 것이니

# 그늘에서 잔광을 보다

밝다, 그래서 밝고 싶다 누구처럼 저도 곧 무엇이 되려는 저 무서운 자존 어느 귀태보다 더 아름답고 황홀하다 하늘을 들먹여 나날이 한 번씩 이혼해야 하는 염색된 눈물 견고한 시詩 나의 상처

# 헌옷들

헌옷에 정情이 가 버리지 못한다
막 입어도 편하고 늘 이무러워서 그렇지만
옷장 속 옷 거의가
아내가 젊었을 때 아낀 돈으로 사준 거다
거긴, 내 체취와 아내의 손때가 고스란히 묻어
옷장을 열어도 닫아도 뭉클해지는
적막이다 못내 춥다

헌 사람에 헌옷, 제법 어울리는 말 아닌가
그래도 한 벌만 남겨놓자
저승까지 가져가 입어도 될법하니

# 좀 낮게 잡수시다 가시려면

집 가까워 찾은 k치과 원장께서 제법 살갑게 구강을
살피시더니 "할아버지, 좀 낮게 잡수시다 가시려면 꼭
여기 아니래도 싼 곳이 있으면 빨리 치료 받으세요" 비
보험 임플란트 치료 견적을 내밀면서 하신 말씀이다 지
극히 지당하고 자상한 진단이다 싶어 좀 더 생각해보고
또 들리겠습니다 하고 돌아왔지만 왠지 그 원장 말씀이
씁쓸하게 자꾸만 가슴에 오래 남았다

# 겨울 바다

　뭍으로 치닫는 율려(律呂) 참 예사롭지 않네 물새도 건너
가 가버리고 볼모 잡을 사람도 마땅찮은 겨울 바다, 귀
청을 훔치는 하얀 물결소리 민망한 몸살 오, 차가운 직
성(直星)의 꼬투리 오만한 교활이여

# 무심산無心山 산지기

울지 마라,
천국을 바라보는 은발의 그대여
멀리 우이천 휘도는 가을 바람 따라
겨울새 한 마리
길 떠나는 저 무상 시위弦를
이제는 자주 볼 수 없으리

나는 늘 혼자 사는 천년 세월이어서
북창 너머 허공 살피며
마음 비우면
잠긴 꿈 스르르 고요까지 잠잠하다
더딘 복화술로 허심을 달래다
소금 간鹽해 사발국수 한 그릇 말아들면
어이! 이것도 생시의 호사려니
뭐가 그리 바빠서
온종일 지절대는 저 여름새들
자처우는 새벽 까치들
오늘만 잔치인가
생을 방전하듯 성토하듯

노래 끝이 안 보인다

지척 간 돌아앉아 또 허공 바라보니
나 잡아갈 편운 한 점 없다
공空과 허虛가 서로 짜고 함구다
혹여, 누가 내 누울 자리 고쳐주면
날 품어줄 꽃구름 하나 날아들까
참, 세상이 죄다 비구상인 것을!
몰라도 너무 몰랐지
어제 심은 저 나무보다
내 키가 더 큰 줄 알았으니,
마음 비우면
별 몇은 혹 딸 수 있으련만
팔부능선 너머까지 발아래 구름 두고
윤곽 하나 짓고 싶던
내 어리석은 쇠심줄이여
용마루에 걸린 낮달이
등 굽은 날 보고 짐짓 웃고 있다

그 옛날
보헤미안 랩소디를 귀에 깔고
둔황敦煌을 헤매던 어느
이름 없는 화공처럼
나도 이미 오라에 감긴 미륵일터
실은, 측은지심도 호사여라
오늘은 노을을 전송하며
훌떡 까진 도봉의 대머리나 닦아줄까
그래, 사는 것 다 허구라지만
거기 묻은 청석靑石 보러
무심산으로 가자
그냥 가지 말고 헛꿈이라도 꾸며 가자
하늘 내려놓는 왕처럼
불호령이라도 내지르며 가자
그래야, 용서받을 삶이다
세상이 다 객창인데 삭정이를 탓할까
초췌해진 내 시를 탓할까
밤이면 별을 덮고 여울 소리 잠재우는데
서걱서걱 갈밭 마른 잎

몸 틀기도 좋아라
어여 꿈 깨라, 여기 저승이다
백가쟁명百家爭鳴도 없는 천국이다

시간은 왜곡되고 우주는 광활하다
우리 곧 먼지 될 날 얼마 남지 않았다
돌아보니 참 허름하게 살았다
들꽃처럼
향기마저 너그러이 바람에 내주고
죽으라면 언제든 죽어 사는 미상의 삶
나 이제
아무도 없는 무심산無心山 산지기로
돌아가리라
발자국 하나 남기지 않고
익명마저 지워 영영 없어지리라
오직 그 이름, 신神에게 경배하며

# 각角

    내가 자주 각을 세워도 그녀는 곧장 그 각을 두루뭉술
하게 원圓으로 뭉개버렸다 그런 삶도 짧았다 빈 절에 목
탁소리 뼈 묻듯 원을 발인하고 독거獨居 4년 뒤돌아보니
나에게 바친 그녀 사랑과 순종은 죄다 업業으로 남았다
달뜨는 밤이면 화인火印처럼 둥근 달그림자 늘 내 곁에
얼비치며

# 종착역

철길 양편, 두 갈래 포플러는
어디든 마냥
제멋대로 갈 것 같다

온몸으로 천년을 가는
달팽이처럼
나서기만 하면
다 길이 될 것 같았지만

석계역 1번 출구
길이 사라진 아파트가 고작이다

나는 알고 있다
이제 이 길은
꽉 막힌 막장길이라는 것을

# 관심송觀心頌

마른 잎 흩날리면
나도 겨울새처럼 설산이 그립다
하얀 허공에
얼음집을 짓고
하루 종일 울음소리 가둔 채
어쩌다 구름이나 만나면
그 관심觀心에 나를 묶어 별빛도 지우리

백야의 슬하는
적막도 차갑고 눈물도 무거워
내 상처 입은 날개는 떨고 있다
거긴 내 돌아갈 처소
바람 소리 무성한 무소헌無所軒
영혼을 덮어줄
신神들의 설법도 무색한 나락
나는 죽음과 합심하여
만리 허공 별무리에 고독을 뿌리며
생을 귀납歸納하리

인생에서 윤회輪回란, 글쎄
가다 오다 막막하면
그 아닌 어디로 또 떠나야 하는
영원한 불귀객이 아닐지

돌아보니 이생의 내 삶도
실은 욕慾이 다 욕辱 되었다
뭘 보고 살았는지 한 것이 없다
그 과보 아직 남았다면
삼도천 길섶에 가마솥을 걸어 놓고
뜨끈한 시래깃국이라도 끓여
중음을 헤매는 배고픈 망자들에
허기라도 달래주리

갈 때 가더라도, 아깝다
아직은 걸을만한 새벽 삼거리
울어대는 까치마저 웬 피울음인지

# 6부

구름놀이

# 구름놀이 1

떨어진 낙엽은
밥도 되고 밥숟가락도 되지
그게 아니라면 또 어떠리
앞서거니 뒤서거니
배고픈 밥벌이가
평생 고해인걸
차라리 나는
먼저 진 낙엽 덮어주는
적수공권 가을 거지리*

* 강우식의 『사행시초 2』 「가을 거지」에서 차용

# 구름놀이 2

멀리
구름 새로 날아가는
백동나비 보아라
천둥 번개 아랑곳없네
꽃구름 헤쳐 가는
아지랑이 같네
무엇이 그리 바빴는지
내 동저고리
걸치고
도망가듯 날아가는,

이제사 어디 가도
한시름 놓은
내 여자

# 구름놀이 3

불로초를 화분에 심어놓고
왜 이름이 불로초인지
알 듯도 하였네
꽃차례가 되어도 좀체
꽃피워 주길 꺼리는 풀,
꽃피는 날 생의 꼭지라고
어디서 듣긴 들은 모양
죽으나 사나
잎으로만 사는 것이
젊게 사는 법이라고
잎 위에 잎을 달고
미적미적 연명을 자질하는,
꽃 같은 것은
안중에도 없어 뵈는
아주 작정한 놈 같았네

# 구름놀이 4

우이천 강바람에 앉아
놀구름에 젖다가
풍덩– 간 떨어질듯
수면 위로 솟구쳐
진사辰砂 구름 한 뭉치 낚아채는
가물치의 약동을
내가 통째 꿰차고
집으로 온다
그래 봤자
그 구름 곱게 펴서
이불 홑청 시쳐줄
여자 하나 없는데,

# 구름놀이 5

음陰유월 보름 초저녁하늘,
하얀 잠옷 걸친
낮달하나

집 못 찾아
전주 잡고 우는 천녀天女 같다

먼 첫날밤

합환주 마신 그녀 볼처럼
낮달이 금세
발간 보름달로 떠올라

# 구름놀이 6

세상의 귀란 귀
다 불러 모아
장구 치고 북 쳐도
흉내 낼 수 없는 소리
천지가 다 잠자는 밤
삼대리 마애불 깨워
경經을 같이 읊자는
저 풀벌레 소리
머잖아
내 묻힐 토굴 앞에
먼저 와 기다리며
잘 익은 약술
쪼록쪼록
따라주며
울어줄 것 같은

# 구름놀이 7

생각난다, 그 옛날
기억도 찜한 여인네와
풀숲을 깔고 누워
뱀처럼 엉키던 날
내가 정말
이 세상 사람인가
저 세상 귀신인가
몰라, 둥둥 달처럼
구름 위에 얹혔네
화주 한잔 들고
취선醉仙이나 된 것처럼,

그 취기로 여태
입도 뻥긋 못 했지만
어찌 새삼
종달새로 지저귀리

# 구름놀이 8

여름 대낮, 그늘에서
웃통을 벗고 낮잠을 자도
후덥지근한 건 고정관념인가
청청 하늘에 갑자기
먹구름 일고
비바람 몰아쳐
쫙쫙– 소낙비 퍼붓는 건
새로운 발상인가
관념과 발상 사이
하루의 행간으로 진부한 생각이 드나들고,
퇴고하지 못한 오늘은
모스 부호보다 더 미상이다

# 구름놀이 9

내 방은 절간
말씀으로 절을 짓는
안 보이는 소리
판을 치는 고요
온몸에 녹아 흐르는
개울물 소리며
이를 갈 듯
바윗돌을 빠개는
저 파도소리까지
다 듣고 있는
청맹과니,
일찌감치
천정에 하야ㄴ한
빈털터리여

# 구름놀이 10

저녁 바람마저 가버린
귀갓길 모퉁이
작은 목로에 앉아
오래 청승 떨며 앉았다
잔술에 몸도 녹고
마음도 녹아
금방, 한잔 더할 욕심에
또 눈이 간 술대접,
이 누리끼리한 사기잔도
한 백 살 넘으면
나처럼
골동품 소리 듣겠다 싶어
실금을 세어 보니
어허 참
잔주름이 나보다 많아
주모에게 물었다
"이 술잔 좀 됐네?"
"기거 우리 죽은 영감 먹든 기유!"

# 구름놀이 11

가끔은
도봉산 아래까지, 아니면
한일병원 앞까지
우이천을 걸으면
천변 벤치에 묶여
오래오래 침묵하는 사람 있다
그는 무슨 생각?
나도 생각이 많아진다
갈 시간에는 가야 하듯
왜가리 가족도 날아갔고
서서히 땅거미가 진다
살아서는 집이고
죽어서는 무덤이다
나와 그는
이를 악물고라도
집으로 가야 한다
아직은

# 구름놀이 12

잡념에 죽을 쑤다
고주망태가 된 날
그 꼴에도 솜이불은
챙겨 덮었어라
잠은 숙면을 넘어
꿈까지 보탰으니 글쎄
도봉산에 올라
소피를 보는데
한도 없고 끝도 없는
오줌 줄기 촤촤
온통 도봉역이
다 떠내려가는 꿈
결국 방膀에 빠진
생쥐 꼴이 되었지만
야! 그 꿈 말이여
생각하니
대단한 길몽인 게라!

# 구름놀이 13

날마다 안개다
구름이다 악몽이다 하여
빠져나갈 구멍이 없었네
언제 하늘이 뻥 뚫려
눈비 펑펑 내리면
나 그 틈새로 달아나리
다 하지 못한
이 세상 죗값으로
거기 일찍 가
천선녀天仙女가 된 내 아내
시중이나 들며 용서를 구하리
차제에 이차저차
파산된 사업도 추슬러
나 천상 시인으로
다시 태어나리

해 설

■ 해설

# 파도에 얹힌 하얀 나비

호 병 탁(문학평론가)

### 1.

이번 시집에는 그 제목이 시사하고 있는 것처럼 '분월포'를 배경으로 하는 상당량의 시편이 눈에 띈다. 시인의 고향인 이 조그만 포구에 관한 시편들이 이미 문예지에 연작 형식으로 발표되었고 비평가들도 이를 주목한 바 있다. 자칫하면 나도 오십보백보에 불과한 평을 쓰게 될 것이고 이점을 고민하지 않을 수 없었다.

그러다가 분월포 시편들이 어떻게 생성되어 가는지 그 과정을 주시하게 되었다. 서상만은 이 작은 어촌을 그리기 시작할 때 하늘부터 수평선 끝까지, 그리고 수평선에서 바로 앞의 모래톱까지 단조로운 색채를 농담으로 차곡차곡 채워 넣는다. 그런 방법으로 풍경 전체에 적절하고 만족스러운 명암을 확보해나간다. 같은 색조의 농담을 통하여 빛과 거리가 조정되고, 은색 조를 띤 하늘의 아슴푸레한 원경과 짙고 어두운 갯바위들의 근경이 서서히 모습을 드러낸다. 흑백사진이 눈에 보이는 세계의 온갖 다양한 색을 명암으로 환원해 보여주는 것과도 같다. 드디어 분월포의 앞바다 풍경이 선연히 떠오르고 이는 서상만의 모든 시편에 고정된 배경으로 자리 잡는다.

화면에는 그 단조로운 색처럼 끊임없이 파도소리가 들리는 건 물론이다. 그런 다음에야 시인은 '괭이갈매기'나 '선창에 매어둔 쪽배' 같은 형체들을 그려 넣는다. 노을색이 칠해지고 때로는 거친 밤바다의 격랑이 부가된다. 바닷가 등대가 그려지고, 가난한 어촌 마을과 거기서 사는 민초들의 인생사가 그려진다. 풍경에 봉사하는 내적 관념들이 여기저기 들어가 박힌다.

거의 동의어로 사용되지만 그렇지 않은 두 낱말이 '기억'과 '회상'이다. 기억은 체험적 사실을 잊지 않는 잠재적 능력이고, 회상은 그 기억의 내용들을 인출하는 활동적 과정이다. 물론 이 둘은 대립된 개념이 아니라 모든 체험에 공통적으로 나타나는 하나의 상보적 모형이다. 서상만은 몸속의 창고에 네거티브 필름으로 간직하고 있던 '기억'의 내용들을 '회상'을 통해 빛에 노출시켜 인화한다. 앞서 말한 것처럼 그의 인화 과정은 명암이 선명하게 확보된 배경을 시작으로 하여, 특수한 언어운용을 통해 그 감각적 선명도를 서서히 높여 간다. 마침내 체험적 사실이 형이상학적 단계로 구성되었을 때 완성된 그림은 '인출'된다.

서상만의 모든 시편들은 수준 이상의 균질성을 확보하

고 있다. 한결같은 섬세함과 안정감이 시 안에서 일렁인다. 이는 바로 막막한 그리움의 원천인 고향 앞바다가 언제나 시의 배경으로 자리 잡고 있기 때문으로 보인다.

우선 시집의 첫 작품을 본다.

어제부터
목쉰 듯 컬럭대며 몸살 앓는 저
파도 위에, 무슨 진정제라도 한번
뿌려봄 직한 밤바다

바다는 바다, 사람은 사람대로
오갈 데 없이 밀리고 밀리다
갈매기들 바람 안고 돌무덤에
모로 앉아 울고, 바다는
물두렁에 이는 파도로 울었다
마른 왕대울타리 속
누더기로 이은 슬레이트 지붕 아래
나도
사시장천 물 보고 살아가는
분월포 사람들도, 발버둥 치는
샛바람 소리로 자주자주 울었다

─「자서自敍 1」 전문

시제 '자서'는 자기에 대한 일을 자신이 스스로 서술하는 것을 말한다. 그렇다면 과거형으로 쓰인 이 짧은 시의 내용은 서상만의 유년시절의 삶을 한껏 온축하고 있다고 볼 수 있다.

첫째 연은 거친 밤바다를 묘사하고 있다. 파도는 "목쉰 듯 컬럭대며" 몸살까지 앓고 있는 것이 상당히 거칠고 높게 일고 있음이 틀림없다. 선명하고 강력한 심상이 육박해 온다. 더구나 '컬럭'과 '파도'에서 나타나는 'K', 'T'의 파열음의 병치는 그 거친 심상을 배가시킨다. "진정제라도 한번" 뿌려줘야 할 정도의 파도라면 그 기세가 대단하다. 글 초입의 "어제부터"라는 시점 언어가 새삼 새롭게 다가온다. 이 격렬하게 요동치는 파도는 벌써 이틀째 계속되고 있었던 것이다.

문학은 언어를 특별한 방식으로 운용하는 데서 그 특징을 찾을 수 있다. 시인이 묘사하는 밤바다는 어촌 사람들이 어렵지 않게 볼 수 있는 풍경이다. 그러나 이런 익숙한 풍경은 시인이 구사하는 문학 장치의 압력을 받아 낯설게 변형되고, 이에 따라 그 풍경의 특징이 오히려 선명하게 부각된다. 시인은 명사가 아니라 동사를 비유로 사용하고—이 경우 흔히 의인법이라 부르지만—있다. 무정물인 '파도'는 인간의 속성을 받아 "목쉰 듯 컬럭"대고 있다. 파도의 시각적 심상뿐 아니라 청각적 심상까지 혼합된다. 첫째 연은 분월포 앞바다의 감각적인 묘사로, 잊힐 수 없는 기억이 '낯설게 하기'라는 시인의 능동적 활동으로 그 상승효과를 극대화하며 마감된다.

둘째 연이자 마지막 연은 분월포 사람들의 신산한 삶

이 풍경 속에 어른대고 있다. 그들에게 이런 날씨가, 이런 밤바다가 어디 한두 번뿐이었겠는가. "바다는 바다"대로, "사람은 사람대로", "오갈 데 없이" 울며 살아왔다. '오갈 데 없다'는 말은 결정적이다. 바다만 보고 사는 사람들이 삶이 팍팍하다고 쉽게 대처로 떠날 수는 없는 일이다. 갈매기가 바다를 떠나 내지의 도회로 가는 법은 없는 것이다.

"마른 왕대울타리 속/ 누더기로 이은 슬레이트 지붕"은 이 시의 백미다. 이 구절은 바닷가 마을 사람들의 고달픈 삶을 여실히 비유한다. 이 시에서 '어렵고 힘든 생'을 표현하는 한마디의 말도 없다. 그러나 위의 한 구절은 그들의 한숨과 눈물 모두를 그대로 담고 있다. 관념이 시 속에서 명시적으로 드러나면 드러날수록 설득력과 호소력은 떨어진다. 이는 인간 본연의 주체성과도 관련된다. 사람은 자신이 지시나 유도의 대상이 되는 것에 거부감 -무의식적인 차원에서라도- 을 느낀다. 메시지의 표면적 노정보다는 암시적 제시가 그 의미심장함으로 설득력은 물론 새로운 해석의 잠재성까지 배가시키는 것이다. 따라서 '누더기 슬레이트 지붕'은 '힘든 삶'을 비유하는 탁월한 선택이다. 이 가난한 지붕 아래에서 시인도 마을 사람도 "자주자주" 울며 살았다. 여기서 울었다는 말은 고된 삶을 겪었다는 또 다른 비유가 된다.

## 2.

달을 가리키는 손가락이 있어 달을 본다. 소위 '자동화 현상'이다. 그러나 주먹을 내밀었다면 불만이나 폭력을 표시하는 것으로 알고 달 대신 주먹을 바라보았을 것이다. 이는 두 가지의 형태가 다른 연유에서 비롯되고 바로 그 차이가 의미의 차이를 만들어 낸다는 말이다. 달은 자연의 순환법칙에 따라 저절로 뜨고 지지만 손가락질과 주먹질은 인간이 만들어 낸 의미전달의 세계, 달리 말하면 '기호의 세계'에 속한다. 의미는 '하나의 차이'다. '공간'이 언어와 같이 의미를 나타내는 기호로 작용하는 것은 그것이 안팎으로 분절되고 그런 차이가 이항대립의 세계를 만들기 때문이다. 바슐라르가 『공간의 시학』에서 그처럼 '집'을 강조하는 이유는 바로 그 공간이 '바깥세계'와 구별되는 차이를 지니고 있는 까닭이다.

밤바다가 거칠수록 비록 "누더기로 이은 슬레이트 지붕 아래"지만 집안은 더욱 아늑하고 따뜻하다. 더구나 이 오두막집은 "마른 왕대울타리"가 감싸주는 공간이 아닌가. 이 울타리는 외부와 확실한 경계를 만들고 내부를 한층 더 호젓하고 기분 좋은 곳으로 느끼게 한다.

시인은 유년시절을 보낸 이 가난한 공간을 결코 부정적으로 보는 것이 아니다. 비록 신산한 삶을 영위했지만 그에게는 어느 곳보다도 평화스럽고 또한 생명력 넘치는 공간으로 회상되는 곳이다. 그곳은 그리운 "어매의

그림자가" 따뜻한 호롱불빛으로 "창호지에 얼비"치는 곳
이다(「자서自敍 2」). 호롱불에 흔들리는 어머니의 그림자는
얼마나 정겨운 모습인가. 시인의 공간 기호는 안전, 친
밀, 따뜻함 등의 기본적인 특징을 지니는 내부 공간과
이의 대척점에 있는 위험, 불안, 투쟁 등의 외부 공간을
차이와 대립의 체계로 하여 내부의 내밀한 가치를 더욱
효과적이고 생생하게 만드는 장치로 작동하고 있다.

외부세계인 마을 앞 바다도 부정적인 것만은 아니다.
그곳은 오직 가난이 죄였던 "아제들과 아배"의 싸움터
로, "숨 가쁜 먹파도"처럼 그들이 치열하게 일하는 생명
력 넘치는 삶의 현장이기도 하였다.


### 3.


그리하여 '분월포'는 이제 그가 반드시 돌아가야 할 공
간이 된다. 시집에는 이 지역의 여러 이름이 반복되어 등
장한다. 그 중 '영일만'은 포항 달만곶과 호미곶과의 사
이에 있는 만이고, '호미곶'은 영일만 북동쪽 꼭대기다.
한반도의 꼬랑지로 가장 먼저 해가 뜨는 이곳은 등대로
도 유명하다. 대동배는 배 이름이 아니라 호미곶면에 속
한 동네 이름이다. 구만리도 호미곶 끝자락으로 분월포
가 있는 작은 바닷가 마을 이름이다. 이 정도 지리적 상
식을 가지고 시인이 꼭 가야 할 고향길을 따라가 본다.

내 죽어서 분월포에 가야 하리
천천히 걸어서 대동배로 가던지
호미곶 등대불빛 따라가다
보리 능선 질러가는
구만리 밖, 내 사라질 빈자리
거기 찰박찰박
바닷물도 달빛을 끌어당겨
비백으로 출렁이는 곳
다 떠나고 아무도 그곳에 살지 않아도
나 거기 호롱불 켜고 덧없이 앉아
저녁 오면 치자빛 노을을 품고
밤하늘 분월을 번갈아 안아보는
내 꼭 돌아가 그곳에
늙은 그림자 비탈에 뉘일 터

— 「자서自敍 3」 전문

그곳은 "천천히 걸어서" 대동배 마을을 거쳐 가든지, "등대불빛 따라가다" 보리밭 능선을 질러가든지 상관이 없다. 어떤 길을 가든 어차피 꿈결 같은 바닷가를 돌아 가는 길일 터이기 때문이다. 그곳 구만리는 "바닷물도 달빛을 끌어당겨/ 비백으로 출렁이는 곳"이다. 파도에 달빛이 튕기면 '하얀 포말이 흩어져 날(飛白)' 것이다. 하얀 비단 옷을 입은 '향기로운 달(芬月)' 같은 연인이 춤추 며 날아와 사뿐 품에 안기는 곳이다. 그러니 "아무도 그

119

곳에 살지 않아도" 시인은 "꼭 돌아가" 늙은 그림자를 그곳에 뉘이고자 하는 것이다.

시인의 호미곶에 대한 애착은 거의 집념에 가깝다. 이는 많은 시편에서 산견되고 있다. 그러나 어떤 음계로 연주되어도 한 악기의 선율은 여전히 같다. 마찬가지로, 같은 색조의 농담으로 빛과 거리가 조정된 분월포 앞바다의 선연한 풍경은 언제나 한 악기의 선율처럼 같은 배경으로 자리 잡고 있다. 시인은 이 배경 위에 절실한 정감을 토로하는 직정의 언어를 선택하여 채색하는 데 혼신의 힘을 모은다. 호미곶의 어느 한 시점을 묘사한 다음의 경우도 그러하다.

> 밤 파도 높이 치던 날
> 등대 불빛이 번쩍번쩍 창호지를
> 이리 긋고 저리 그어
> 잠들지 못할 때
> 만곡으로 휜 호미곶 능선 따라
> 은빛 보리 이삭 수만 자락이
> 추수 꿈에 출렁일 때
>
> —「그리운 호미곶」 부분

이 시를 이해 못 할 사람은 없다. 유아 시절의 개인적 체험에서 비롯된 기층언어는 호소력도 강하게 마련이다. 심층에 자리 잡은 이런 기층언어는 생활과 밀착된 토착어로 교양체험으로 학습하는 후기 습득언어와는 비교될 수 없다. 개인적 지역적 시대적 변수가 있겠지만, 사람들은 성장 과정 초기에 익힌 토착어에 친밀하게 반응한다. 자연풍광도 마찬가지로 열 살 이전에 익숙 된 경치에 지속적인 선호를 갖는다. 유년시절이 '잃어버린 낙원'으로 간주되는 것도 이 때문일 것이다.

"등대 불빛이 번쩍번쩍 창호지를/ 이리 긋고 저리 그어" 잠들지 못했다는 말은 등대 가까이 살지 않은 사람은 상상도 할 수 없는 표현이다. 독자들은 의외로 경험적 사실과의 불일치에 민감한 거부반응을 보인다. 진실에 대한 반칙이라고 생각하는 것이다. 창호지를 불빛이 '이리저리 긋는'다는 가슴 찌르는 심상은 바로 호미곶 사람이자 그 앞바다를 배경으로 시를 쓰는 서상만 만이 창출해 낼 수 있는 심상이다.

"능선 따라/ 은빛 보리 이삭 수만 자락이" 출렁인다는 서정적인 표현도 도시에서 산 사람은 발화할 수 없는 말이다. 수많은 보릿대의 물결이 '은빛'으로 일렁인다는 것은 달이 바닷가 언덕을 환히 비치고 있다는 정황을 상기시킨다. 고향의 달빛 아래 일렁이는 보리밭의 물결! 우리가 꿈꾸는 유토피아의 한 모습이 아닌가.

시인은 이제 그곳에 돌아가 저녁이 되면 "치자빛 노을을"보며 '호롱불'을 켜겠다고 다짐하는 것이다.

# 4.

호미곶 시편에 갈매기, 미역 줄기, 등대, 배 등 바다와 관련 된 어휘들이 자주 나타나는 것은 자연스럽다. 그러나 '왕대 울타리', '치자색 노을', '보리밭 능선' 등 동일한 어휘의 반복 사용은 상당히 예외적이다. 이 아름다운 토속어들은 듣기만 하여도 짙은 서정의 세계로 우리를 이끄는 말들이다. 그런데 이들 어휘와 관련하여 우리가 유념해야 할 사실이 있다. 즉 이 언어가 만드는 풍경들은 작품에 따라 그에 합당한 모습으로 변모하며 작품의 완성도를 위해 각기 복무한다는 사실이다.

어두운 그늘에 놓인 하얀 손수건은 햇빛 바로 아래에 있는 석탄 덩어리보다도 더 검게 보일 수 있다. 우리는 이 두 사물을 혼동하지 않는다. 석탄은 우리의 시각에 가장 새까만 색에 속하며, 흰 손수건은 가장 하얀색 중의 하나이기 때문이다. 그러나 위에서 보는 것처럼 이런 사실은 뒤집힐 수 있다. 문제가 되는 것은 언제나 그 상대적인 밝기인 것이다.

서상만의 시편들이 어떻게 생성되어 가는지 그 과정을 언급한 바 있다. 그는 단조로운 색채를 농담으로 채워 흑백사진이 온갖 다양한 색을 명암으로 환원시키듯 호미곶 앞바다의 풍경을 고정시킨다. 그러나 이 고정된 배경은 계절에 따라, 날씨에 따라, 낮과 밤에 따라 변화한다. 이 풍경 위에는 치자색 노을이 지고 은빛 달이 뜨기도 한다. 시인은 최선의 언어를 선택하여 작품에 따라 그 변화되는 모습을 색칠한다. 그리고 이에 더하여 부모, 아내, 형, 친구의 이야기가, 마을의 무녀, 끝출이와 석방우의 이야기까지 삽입되며 각자의 인생사가 시인의 관념과 함께 채색되고 있는 것이다.

앞의 서정적 풍경 중 '왕대울타리'에 시선을 집중해 보자.

「자서1」의 "마른 왕대울타리 속"에는 "누더기로 이은 슬레이트 지붕"의 가난이 있다. 「신들린 날」에서는 "멀리 왕대 울타리 너머" 하얀 나비가 파도에 얹혀 놀고 있다. 「잃어버린 시간」의 "성근 왕대 울타리 안"에는 "병든 아내 위해/ 당신 몸이야 아낌없이 허물던" 아버지가 있다. 그리고 「세상에 없는 집」에서는 "납닥바리 달 물고 울던 밤, 내 목마른 꿈을 파도소리로 달래주던" '왕대 울타리'가 있다.

인간이든 병아리든 우리가 망막에 받아들이는 것은 감광세포를 자극하여 대뇌로 발사하는 한 무리의 움직이는 광점光點이다. 그러나 우리가 보는 사물은 '왕대울타리'처럼 하나의 고정된 세계다. 이 두 가지 사이에 존재하는 간격은 엄청나다. '왕대울타리'를 주시하면 그것은 우리의 망막에 다양한 파장을 가지고 끊임없이 움직이며 빛의 무늬를 투사한다. 그것은 결코 일정하게 반복되는 일이 없다. 해를 가리고 지나가는 구름 때문에, 해의 위치에 따른 그늘의 변화 때문에, 혹은 그것을 바라보는 사람의 각도, 광선의 강도 때문에 그것은 계속 변화한다. 종이를 창문 쪽으로 향하게 했을 때 그것이 반사하는 하얀 빛은, 반대쪽으로 했을 때의 몇 배가 넘는다. 우리는 이런 변화, 즉 어떤 물체로부터 반사하는 빛, 소위 '명도'의 격차에 따라 크게 다른 정서적 반응을 보인다. 그럼에도 여전히 그 물체를 인식한다. 즉 '왕대울타리'는 여전히 '왕대울타리'인 것이다.

시인은 이점을 정확히 파악하고 있다. 울타리 앞에 붙인 가벼운 수식어, 울타리의 '안'과 '밖'을 바라보는 시선의 각도, 객체들의 움직임, 그리고 그 내용의 다양함에 기인하는 정서적 파장은 판이하다. 각각의 작품에 따라 이 정겨운 '왕대울타리는'는 정확히 있을 자리에 위치하여 제 기능을 십분 발휘하고 있는 것이다.


5.


'왕대울타리'가 보이는 시 중에 특히 눈에 띄는 작품이 하나 있다. 슬픈 인간사가 절절히 배어있는 작품이다.

무당 석만네는 살았나 죽었나

쪽바위에 앉으면
멀리 왕대 울타리 너머

하얀 희접喜蝶 하나
파도에 얹히던 날

서방 잡아먹고 혼이 나가
칼날을 밟고 울던 그녀

밤 내내
울음은 불을 살라
소고 소리도 잡아먹고
식은 메를 쌓았으니

혹 내 마음에 부정 탈까
눈앞 달빛바다
껴안아보지 못하고

풍병 든 들풀처럼
자꾸만 바람 앞에 서성였네

－「신들린 날」전문

 시 첫 행, 첫 어휘는 '무당'이다. 시의 주인공 석만네가
무당이었음을 알려주고 있다. 그녀는 이제 '살았는지 죽
었는지' 알 수 없다. 이 시는 시인의 기억 속에 초상화처
럼 간직된 '청상青孀의 무녀'를 회상하는 글이다. 마침 그
녀에 대한 얘기가 「접신」(『그림자를 태우다』 2010)이란 시
에 좀 더 구체적으로 실려 있어 참고한다. 굿판을 돌아

다니는 그녀의 목청은 '꺼끌꺼끌'하고 눈빛은 '돌올'했다. "젊디젊은 나이에" 서방을 바다에 잃어 "매일매일 가슴에 불이 일어" 잠을 설쳤을 여인이다. 시인의 귀에는 아직도 그녀의 "징소리, 소고 소리, 방울 소리"가 들려온다. 또한 "성근 대나무 울타리 사이로 신들린 젊은 아낙의 울음소리"가 들려온다.

그녀의 모습과 삶은 인용시를 읽으며 우리가 유추하는 그대로다. 그런데 이 무녀는 서방이 바다에 빠져죽었지만 그것을 자신의 업장 탓으로 알고 있다. 따라서 이 불쌍한 여인은 "서방 잡아먹고 혼이 나가/ 칼날을 밟고" 울었던 것이다.

이어 그녀의 굿판이 간결하게 묘사된다. 4행의 짧은 묘사지만 무녀의 많은 동작과 소리가 보이고 들린다. 목소리가 허스키하고 눈매가 강렬한 이 젊고 매력적인 무녀의 굿판은 "밤 내내" 계속된다. 그녀의 몸짓과 소리는 매우 격렬하다. "울음은 불을 살라/ 소고 소리도 잡아먹"을 정도다.

'주자어류朱子語類'에 무巫란 '신명을 다해 춤추는 사람'이라고 말한다. '巫'자의 양변에 있는 두 개의 '人'자는 춤추는 모양을 취한 것이다. 원래 무당은 접신하기 위해 가무가 필수적이었고, 따라서 무당이 되려면 상당 기간 노래와 춤을 비롯한 여타 의례를 학습하는 과정을 거쳐야 했다. 그런 무당이니 밤을 새우는 석만네의 굿은 신들린 춤과 노래로 자지러졌을 것이다. 그녀의 쾌자 자락은 취한 듯 거친 숨결을 따라, 향 뿜는 젊은 몸뚱이의 격렬한 율동에 따라, 끝없이 나부꼈을 것이다. 새벽이 되어 신위神位 앞에 올리는 '메'가 다 식어버릴 때까지.

시적 화자는 혹 그녀의 굿에 '부정'이라도 탈까 봐 눈앞의 "달빛바다"를 "껴안아보지"도 못하고 서성이기만 한다. '달빛바다'는 얼마나 매혹적인가. 바로 "눈앞"에서 춤추고 있는 무녀와도 같이 아름답지 않은가. 그러나 화자는 바람 앞에 "풍병 든 들풀처럼" 흔들리며 서성이기만 할 수밖에 없다.

시는 이렇게 끝이 나지만 긴 여운이 남는다. 석만네는 인간의 길흉화복을 '지금, 여기' 현세에서 주재하는 무당이다. 그러나 막상 자신은 서방을 먼저 보낸 슬픈 청상이다. 젊은 아낙으로 외로운 세월―그래서 더욱 격렬한 굿판을 벌였을―의 여정이 궁금하다. 그녀의 애잔한 모습이 오래 눈에 밟힌다.


## 6.


그런데 위의 시에는 무녀가 굿을 하던 날, '왕대울타리 너머'의 바다 풍경이 무심한 듯 가볍게 걸려 있다. 그날은,

"쪽바위에 앉으면/ 멀리 왕대 울타리 너머/ 하얀 희접戲

蝶 하나/ 파도에 얹히던 날"

이다. 이 짧은 네 행의 문장은 절대로 짚고 넘어가지 않으면 안 될 절창이다. 일상의 산문 어법으로 이 구절을 말한다면 '바위에 앉아서 보니 흰 나비 한 마리가 날고 있었는데, 그것은 왕대 울타리 너머 멀리 보이는 파도에 얹힌 것 같았다' 정도로 표현될 것이다. 그렇다면 위 시구는 습관적 문맥에서의 일탈이다. 즉 2행과 3행이 도치된 것이다.

그림은 가시세계를 바라보는 하나의 창이라 할 수 있다. 다 빈치는 투명한 유리창 밖에 보이는 물체들을 그대로 그리는 것이 바로 원근법이라고 주장한 바 있다. 옳은 말이다. 실제로 우리는 평평한 색밖에 보이지 못한다. 검정색이 물체의 어두운 면을 나타낸다든가, 희미한 색은 그 물체가 멀리 떨어져 있음을 나타낸다든가 할 수 있는 것은 전적으로 경험의 문제다. 그림의 기술적 역량은 '순진한 눈'의 회복에 달려있다. 색이 의미하는 것을 의식하지 않고 평평한 색 그 자체를 보는 어린애 같은 눈이다. 장님이 시력을 회복했을 때 처음 세상을 보는 바로 그런 눈 말이다.

우리의 눈은 '색채감각을 주는 자극'을 단지 망막에 받을 뿐이다. 이런 감각을 경험과 지식에 의해 의식적인 상像으로 직조해내는 것은 대뇌다. '희접'은 팔락거리며 '놀고 있는 나비'다. 이 작은 하얀 나비가 '멀리' 울타리 너머 바다 위에서 놀고 있다면 그것은 우리 눈에 띄지도 않을 것이다. 다 빈치식으로 보았을 때, 창밖 가까이 흰 나비가 팔락거리고 멀리 뒤에는 파도치는 바다가 있다. 이를 그대로 그려냈을 때, 즉 '순진한 눈'이 지각한 그대로—거리에 대한 경험이나 지식을 초월하여—그려냈을 때 비로소 나비는 "파도에 얹히"게 되는 것이다.

'거대한 바다 위'에 '한 점 가녀린 하얀 나비'는 이미 그 대비 자체만으로 아름답다. 문학의 심미적 기능에 대해 굳이 칸트니 에머슨을 들먹거리며 강조할 필요는 없을 것 같다. 17세기 김병연의 문학관은 문학의 자기 목적성을 실감 나게 보여준다. "노을이 의를 위해 곱고, 달이 예를 위해 밝던가. 치자에게 빌붙지 않아도 되고 학문에 주눅들 필요도 없다. 가진 자의 눈치를 살피지 않아도 되고 못난 자의 증오를 겁낼 필요도 없다. 시는 홀로 갖추었고, 홀로 넉넉하다."라는 말은 문학이 다른 어떤 것과도 견줄 수 없는 가치를 지니고 있는 '자기 충족적 존재'라는 점을 부각시킨다.

'대 울타리 너머 멀리, 팔락팔락 놀던 하얀 나비 한 마리가 파도에 얹히던 날', 이처럼 기막히게 아름다운 날에 바로 무녀가 굿을 벌렸다. 이 '한' 마리 나비는 바로 '홀로'된 슬프고 고운 무녀의 모습에 진배없지 않은가. 김기림의 말대로 이 흰 나비는 '청무 밭인 줄 알고' 바다에 내려앉기라도 했다는 말인가. 서상만의 '파도에 얹힌 하얀 나비'는 두고두고 회자될 명 시구가 될 것이다.

7.

　시인은 이번 시집의 머리말을 「분월시서芬月詩序」라고 명제한 한 편의 시로 가름하고 있다.

　　나의 출생出生 호미곶,
　　분월포芬月浦 앞바다는
　　내 삶의 막막함이었다

　　그 막막함을 이기려
　　여태 시詩로 살았다

　　그런 시 앞에서
　　왜, 난 또 막막해지나
　　　　　　　　　　－「시인의 말—분월시서」 전문

　시인은 자신의 출생지 호미곶 앞바다가 '삶의 막막함'이었다고 진술한다. 그 '막막함'을 이겨내기 위해 여태 시를 쓰고 살아왔는데 이제 그 시 앞에서 또다시 '막막해진다'고 역설을 토로한다. 어느 '막막함'이 형용어로의 '막막寞寞'—의지할 데 없이 답답하고 쓸쓸한 심경—인지, 부사어로의 '막막漠漠'—너무 넓고 멀어서 아득하고 막연한 심경—인지 그게 그 말 같아 시시콜콜 따질 일은 아닌 것 같다. 요는 막막함을 이기고자 어떤 행위를 했고,

그 행위로 인해 막막함을 이긴 것 같지만, 그 행위 자체가 다시 막막해져 결국 막막함을 이기지 못했다는 말이다. 이 의외의 '머리말'은 한 편의 예술시편으로도 손색이 없다. 중요한 이유 중의 하나는 빈틈없이 조절된 긴장과 역설에서 유발되는 감정적 충격이 있기 때문이다.

그렇다면 서상만에게 시 쓰는 일이 정말 그처럼 '아득하고 막연한' 일인가. 석굴암 천정이 온전한 것은 중력이 돌들을 끌어내리는 것과 동시에 그것들을 종석宗石에 밀어 올리기 때문이다. 중력의 '반작용'으로 둥근 천정은 큰 무게를 지탱하고 그 형태를 유지하는 것인데 이는 시적으로 볼 때 일종의 역설이다. 시인은 바로 이 반작용에 큰 관심을 가지고 있음에 틀림없다. 그는 씨름선수처럼 상대의 저항을 이용해서 이긴다. 저항을 받지 않는 움직임은 그에게 의미 없는 움직임에 불과하다. 따라서 그에게 시 창작행위는 실상 막막한 것이 아니다. 이런 사실은 그가 견인하는 어휘를 보기만 해도 바로 눈치를 챌 수 있다.

시인이 삶의 막막함을 느꼈다고 하는 호미곶 앞바다에서 건져 올린 많은 어휘들, 즉 물두렁, 물구나무너울, 자맥질, 물이랑, 물수제비, 해조음, 소라고둥, 참가오리, 과메기, 생미역, 소금 배, 띠배, 쪽배, 발동선, 폐선, 간꽃, 포구, 선창, 왕자갈, 노, 먹바다 등 어휘들은 그것들이 시에 들어서자마자 바다의 정서를 즉시 환기시킨다.

물론 바닷가 마을에 서리서리 깃들어 있는 왕대울타

리, 보리능선, 추녀, 돌비석, 호롱불, 돌쩌귀, 맷돌질, 떼
찔레길, 막장길, 신작로, 쑥대밭머리, 톳나물, 진저리,
고리매나물, 사발국수, 시래깃국, 밥숟가락, 땟거리, 보
릿대, 보리누름, 쇠스랑, 풋바심, 곰솔, 삭정이, 언덕배
기, 함석집 등도 가슴을 때리는 정서를 표출하는 어휘로
시 안에서 즉각 그 기능을 발휘한다.

밤하늘의 북새구름, 까치놀, 조각달, 별싸라기도, 시
인의 정다운 호칭인 아제, 아배, 어매도 독자들에게 강
력한 정서를 환기시키는 어휘들이다.

이처럼 반짝이는 수많은 언어의 별들은 함께 모여 별
자리를 만들고 성단을 이룬다. 직접 '객관적 상관물'의
대상이 될 수도 있고, 다른 언어와 교호하며 어떤 상황,
사건을 이루어 같은 정서를 유발하는 역할을 맡기도 한
다.

주로 명사를 발췌해 보았지만 이외에도 보석 같은 언
어들은 많다. 이들 언어와 손잡고 문장을 구성하고 있는
시편들을 분석한다면 그것만으로도 두툼한 책이 되고도
남을 것이다. 눈에 확 들어오는 수식어도 있다. '피득하
게', '능노는', '까끌까끌한', '이적지(이때까지)', '이무러워
서', '얼비치며', '자처우는'과 같은 정감 어린 수식어들은
삶의 직접성과 구체성을 구현하며 강한 호소력으로 우
리에게 다가온다.

이렇게 발군의 언어 선별 능력을 지닌 시인이 시 앞에
서 막막할 수는 없다. 오히려 넓고 깊은 자신 내부의 언

어군집에서 취사선택하는 일이 막막하다는 것은 아닐까.

실상 '시인의 말'에 우리의 의표를 찔리면서도 자연스럽게 공감을 한다. 어떤 시인도 자신의 시 앞에서 자신만만한 사람은 없다. 만약 그렇다면 그 시인은 혹은 그가 쓴 작품은 아직 미숙하다는 징조가 되리라. 언어의 결, 시적 자장, 미묘한 뉘앙스, 운율의 음악성 같은 것은 들여다볼수록 시인에게 자신감 대신에 막막함을 주기 마련이 아닌가.

## 8.

이번 시집의 가장 큰 질료는 역시 시의 배경으로 끊임없이 철썩이고 있는 고향 바다다. 그러나 우리가 간과할 수 없는 중요한 사실은 고향의 아버지와 어머니 그리고 마을 사람들의 생과 죽음, 사랑과 별리를 통한 시인의 삶에 대한 깊은 통찰이다.

해마다 미역을 채취하는 봄이 되면 시인의 아버지는 "달포 내내" 손등에 "하얀 간꽃"이 필 정도로 "쇠스랑으로 베어올린 물미역을/자갈밭에 펴 말리"는 일을 했다. 그는 "마른미역을 방 가득 쌓아두고/ 천하제일부자처럼"(「채곽기」) 코를 골던 사람이다. 식솔을 위해 어려운 노동을 감내하는 어촌의 순박한 아버지 모습이 여실하다. 그런데 그 아버지의 순애보가 「잃어버린 시간」에 눈물겹게 그려지고 있다. 아버지는 오랜 기간 병든 아내를 위해 자신의 몸을 "아낌없이 허물"며 마지막 헌신과 사랑을 바쳤다. 그리고 어느 날 그도 먼저 간 아내를 따라가고 말았다. 시인은 이 시에서 " 덧없이 떠나가신 내 어머니 아버지의/ 황혼 사랑과 이별"을 안타까워한다. "아들은 아버지의 길을 찾아간다" 그 길은 "아버지와 꼭 닮은" 길이다.

실제로 시인 부부의 여정이 숙명인 듯 부모와 너무나 닮았다. 아내는 "무엇이 그리 바빴는지/ 내 동저고리/ 걸치고/ 도망가듯"(「구름놀이 2」) 먼저 날아가 버렸다. 호미곶의 어머니가 시인을 재워주던 "까끌까끌한 홑이불"은 현재의 "이불 홑청"에 쓸쓸하게 오버랩 된다. 그에게는 이제 "홑청 시쳐줄/ 여자 하나 없"다(「구름놀이 4」).

시인은 아내를 '백동나비'로 부른다. 그는 이미 시집 『백동나비』에서 "아내의 장롱에 살던 백동나비 한 마리// 마지막 아내의 손 무게로/ 사풋이 내 어깨에 날아앉았다"는 절창을 뽑아낸 바 있다. 그 나비의 착륙은 "차마 눈짓이라도 되고픈" 몸짓이었던 것 같다. 참으로 애절하다. 이 극진한 사랑은 지금도 변함없다. "멀리/ 구름새로 날아가는/ 백동나비"(「구름놀이 2」)를 보며 시인은 생각한다. "언제 하늘이 뻥 뚫려/ 눈비 펑펑 내리면/ 나 그 틈새로 달아나" 하늘에 가 "천선녀天仙女가 된 내 아내/ 시중이나 들며 용서를 구하"겠다는 발상이다. 그렇게 해

야 하는 것은 자신의 "이 세상 죗값"(「구름놀이 13」) 때문
이다.

시인은 아내의 빈자리를 보며 자신의 내면을 성찰하고
있다. 또한 분월포 부모님의 신산한 삶과 두 사람의 사
랑과 죽음을 관조하고 있다. 한편 자신도 "물때 따라/ 허
옇게 사라질 것"임을 인지하고 있다(「근황」). 이미 그의
사유는 하늘나라 천선녀 주위를 맴돌고 있지 않은가. 실
상 우리 모두 "먼지 될 날 얼마 남지 않았다" 따라서 "들
꽃처럼/ 향기마저 너그러이 바람에 내주고" 죽어야 하는
존재다(무심산無心山 산지기).

그의 시는 이처럼 생의 의미를 천착하는 형이상학의
세계로 비상한다. 그러나 따분한 설교조의 언설은 아예
그의 체질이 아니다. 그래야 옳다. 최고·최상의 작품이
라고 알려진 시도 철학적 관점에서 분석해보면 생의 허
무, 삶과 죽음의 무상함 등 우리에게도 익숙한 사유로
환원되고 마는 것이 보통이다. 그림은 우선 아름다워야
한다. 파도소리 끊임없는 바닷가, 달빛 일렁이는 보리밭
의 언덕배기, 그 아래 대울타리 쳐진 작고 가난한 집, 철
학적 관념은 바로 그 집의 조금 열린 삽짝에서 새어 나
와야 한다. 우리는 이런 관념에 전적으로 공감한다.

아마 시인이 「귀향」했을 때 이런 정경이 벌어질지도 모
른다. 그러나 이런 게 또한 우리의 삶이 아닌가. 바로 이
런 정경이 삽짝에서 새 나오는 아름다운 관념의 모습이
아니겠는가.

조금은 낯익은 돌담
어머니와 살던 집,

두리번두리번
돌아보는데

나를 닮은 소년이
불쑥 앞을 가로막고
묻는다

누구네 집을 찾느냐고